Nota para los padres y encargados:

Los libros de *Read-it! Readers* son para niños que se inician en el maravilloso camino de la lectura. Estos hermosos libros fomentan la adquisición de destrezas de lectura y el amor a los libros.

 El NIVEL MORADO presenta temas y objetos básicos con palabras de alta frecuencia y patrones de lenguaje sencillos.

 El NIVEL ROJO presenta temas conocidos con palabras comunes y oraciones de patrones repetitivos.

 El NIVEL AZUL presenta nuevas ideas con un vocabulario más amplio y una estructura gramatical más variada.

 El NIVEL AMARILLO presenta ideas más elevadas, un vocabulario extenso y una amplia variedad en la estructura de las oraciones.

 El NIVEL VERDE presenta ideas más complejas, un vocabulario más variado y estructuras del lenguaje más extensas.

 El NIVEL ANARANJADO presenta una amplia de ideas y conceptos con vocabulario más elevado y estructuras gramaticales complejas.

Al leerle un libro a su pequeño, hágalo con calma y pause a menudo para hablar acerca de las ilustraciones. Pídale que pase las páginas y que señale los dibujos y las palabras conocidas. No olvide volverle a leer los cuentos o las partes de los cuentos que más le gusten.

No hay una forma correcta o incorrecta de compartir un libro con los niños. Saque el tiempo para leer con su niña o niño y transmítale así el legado de la lectura.

Adria F. Klein, Ph.D.
Profesora emérita, California State University
San Bernardino, California

Editor: Bob Temple
Creative Director: Terri Foley
Editorial Adviser: Andrea Cascardi
Copy Editor: Laurie Kahn
Designer: Melissa Voda
Page production: The Design Lab
The illustrations in this book were created in gouache.
Translation and page production: Spanish Educational Publishing, Ltd.
Spanish project management: Jennifer Gillis/Haw River Editorial

Picture Window Books
5115 Excelsior Boulevard
Suite 232
Minneapolis, MN 55416
1-877-845-8392
www.picturewindowbooks.com

Printed in the United States of America.

Library of Congress Cataloging-in-Publication Data
White, Mark, 1971-
[Goose that laid the golden egg. Spanish]
La gansa de los huevos de oro : versión de la fábula de Esopo / por Mark White ;
ilustrado por Sara Rojo ; traducción, Carlos Ruiz.
p. cm. — (Read-it! readers)
Summary: A farmer learns a lesson in greed when one of his geese begins to lay
one—and only one—golden egg each day.
ISBN 1-4048-1622-4 (hard cover)
[1. Folklore. 2. Fables. 3. Spanish language materials.] I. Rojo, Sara, 1973- ill.
II. Ruiz, Carlos, 1949- III. Aesop. IV. Title. V. Series.

PZ74.2.W494 2006
398.22—dc22   2005024364

La gansa de los huevos de oro

Versión de la fábula de Esopo

por Mark White
ilustrado por Sara Rojo
Traducción: Carlos Ruiz

Con agradecimientos especiales a nuestras asesoras:

Adria F. Klein, Ph.D.
Profesora emérita, California State University
San Bernardino, California

Kathy Baxter, M.A.
Ex Coordinadora de Servicios Infantiles
Anoka County (Minnesota) Library

Susan Kesselring, M.A.
Alfabetizadora
Rosemount-Apple Valley-Eagan (Minnesota) School District

PiCTURE WiNDOW BOOKS
Minneapolis, Minnesota

Más *Read-it! Readers*

Con ilustraciones vívidas y cuentos divertidos da gusto practicar la lectura. Busca más libros a tu nivel.

FÁBULAS Y CUENTOS POPULARES

El asno vestido de león	1-4048-1620-8
La cigarra y la hormiga	1-4048-1614-3
¿Cuántas manchas tiene el leopardo?	1-4048-1648-8
El cuervo y la jarra	1-4048-1618-6
La gallinita roja	1-4048-1650-X
La liebre y la tortuga	1-4048-1624-0
El lobo con piel de oveja	1-4048-1625-9
El lobo y el perro	1-4048-1619-4
El niñito de jengibre	1-4048-1647-X
El pastorcito mentiroso	1-4048-1616-X
Pollita Pequeñita	1-4048-1646-1
El ratón de campo y el ratón de ciudad	1-4048-1617-8
La zorra y las uvas	1-4048-1621-6

¿Buscas un título o un nivel específico? La lista completa de *Read-it! Readers* está en nuestro Web site: *www.picturewindowbooks.com*

Había una vez una gansa
muy especial.

6

Se parecía a las demás gansas.
Tenía el cuello largo y delgado.
Tenía las plumas esponjadas
y blancas. Tenía el pico y las
patas anaranjados.

8

Pero no era como las demás gansas.
¡Ponía huevos de puro oro!

El granjero se alegró cuando
encontró el primer huevo de oro.
Lo vendió por mucho dinero.

12

El granjero tenía muchas gansas.
Todos los días recogía los huevos
de todas las gansas.

Todos los días encontraba el huevo
de oro que ponía la gansa especial.

El granjero vendía los huevos
de oro en el pueblo.

14

Al poco tiempo se hizo rico.

16

El granjero era codicioso.
Quería ser más rico.
Quería más de un huevo
de oro al día.

El granjero trató de que las otras gansas pusieran huevos de oro.

Trató de que la gansa especial pusiera más de un huevo de oro al día.

Pero nada le daba resultado.

La gansa especial sólo seguía poniendo un huevo de oro al día. Las otras gansas ponían sus huevos normales.

Al granjero se le ocurrió otra idea.
Decidió matar a la gansa.
¡Así podría sacar todos
los huevos de oro de una vez!
El granjero mató a la gansa.

Pero por dentro era igual a las demás gansas.

El granjero se puso a llorar.
No se contentó con un
huevo de oro al día.
Ahora no tendría ni uno más.